斜め読み額田王

藤田 恭子

Kyoko Fujita

文芸社

斜め読み額田王　目次

プロローグ

ある駅の　コンコース
その隅っこで
ピアノは　歌う
万華鏡の　世界……

思い出は　くるくると蘇る
喜びの明るい世界
不安や　耐えがたい悲しみの世界
くるくると蘇る

涙とともに　もの哀しくも懐かしく

万華鏡　くるりと回る
そこは
道後温泉　熟田津《にきたつ》に
大王《おおきみ》・兵士を載せた　居並ぶ船団
その舳先に　立つ二つの影　中大兄《なかのおおえ》と額田　王《ぬかたのおおきみ》
額田王　は歌う

　熟田津《にきたつ》に　船乗りせむと　月待てば
　潮《しほ》もかなひぬ　今は漕ぎ出《い》でな

筑紫へ　向かい　船団は　動き始める

熟田津《にきたつ》に　船乗りせむと　月待てば
　潮《しほ》もかなひぬ　今は漕ぎ出《い》でな

万華鏡　くるりと回る
そこは
山々が　茜に染まり始める　蒲生野《がもうの》
野原を馬が走る　馬の背から　手を振る大海人《おおあま》
袖が揺れる
紫草《むらさき》を　振る額田王

あかねさす　紫野《むらさきの》行き　標野《しめの》行き
　野守は見ずや　君が袖振る
紫草《むらさき》の　にほへる妹《いも》を　憎くあらば

人妻ゆゑに　吾恋ひめやも

夕日に包まれる　影二つ
やがて
夕日も影も　暗闇のなかへ

ピアノは歌う
淡海《あふみ》の海《み》　夕波千鳥　名が鳴けば
心もしのに　いにしへ思ほゆ

一　皇極朝

皇極大王と子供たち（語り　額田王）

皇極大王《こうぎょくおおきみ》には　舒明《じょめい》大王との間に三人のお子がありました
中大兄《なかのおおえ》様、間人《はしひと》様、大海人《おおあま》様

吾は　中大兄（語り　中大兄）

吾《われ》は　舒明《じょめい》大王と大后寶《おおきさきたから》（後の皇極大王）の第一子・大王家の嫡子
生まれながらに大王になる身
父　舒明大王の　殯《もがり》の終わり　その　誄《しのびごと》の時

吾は　豪族たちの言いなりになる大王にはならない
将来　倭国《わこく》を背負って立つ吾を見よと
吾を　皆に印象付けた

吾は　倭国の政《まつりごと》を
氏姓制《うじかばねせい》の政を
大王による律令制に　変革したい

どうすれば　いいか　一人では無理
誰にこの発想を　相談すればよいか
中臣鎌子《なかとみのかまこ》（後の鎌足《かまたり》）という奴が　吾に近づいてきた
吾と同じ　今の政を改革したいという心を持って
同志である

そして　鎌子の勧めにより
吾は正式に妃を持った
蘇我倉山田石川麻呂《そがのくらやまだいしかわまろ》の娘　遠智娘《おちのいらつめ》
　大田《おおた》　鸕野讃良《うののさらら》（後の持統《じとう》天皇）　健《たける》の母となる妃

吾はその後も　多くの妃を持つが
吾にとって　特別な不思議な女　額田王との出逢いは
もう少し　後のことになる
　額田は　自分で吾の妃などと思っていなかったようだが

注）中大兄の妃は多い　主な妃は
　伊賀采女宅子娘《いがのうねめやかこのいらつめ》　子は大友《おおとも》
　姪娘《めいのいらつめ》（遠智娘《おちのいらつめ》の妹）

子は御名部《みなべ》　阿部《あへ》（後の元明天皇）
大王即位時は　倭姫王《やまとひめのおおきみ》（古人大兄《ふるひとのおおえ》の娘）が大后に

吾は　大海人（語り　大海人）

兄は中大兄　姉は間人《はしひと》
尾張の海部郡で　育ち
十一～十二歳ごろ
舒明大王の殯《もがり》の折　飛鳥へ戻った
吾は　海山で自由に育った

舎人たちと
野山・海辺をかけ巡る
走ったり　馬に乗ったり

田畑・海を相手に働く人々と　かかわりあった
皆　自然を神と崇拝している

勿論　勉学もした
本格的に　政　漢籍　天文などを
学問として学び始めたのは飛鳥に帰ってからだが
勿論　仏教　道教　儒教なども　学んだ

飛鳥に帰り　兄・中大兄の誄《しのびこと》を聞き
その素晴らしさに　吾は鼻がたかかった

二　孝徳朝

そして　私は　額田王（語り　額田王）

私の名は　額田
皇極《こうぎょく》大王に　お仕えしたのは
十四・五歳ごろでしょうか
皇極大王の　身の回りのお世話をし
大王とともに　あるいは大王の代行として　神を祭り　神事を司る

ちょうど　その頃
大きな事件がありました

皇極四年（六四五年）
中大兄様と　中臣鎌足《なかとみのかまたり》様が
皇極大王の　目の前で
蘇我入鹿《そがのいるか》様を　暗殺
翌日には　入鹿様の父　蘇我蝦夷《そがのえみし》様が自宅に火をつけ自殺

そして　皇極大王が　弟軽《かる》様に大王位を　譲位され
中大兄様は太子に

軽様は　孝徳《こうとく》大王となられ、
飛鳥の板蓋宮《いたぶきのみや》から　難波味経宮《なにはあぢふのみや》へ遷られました
中大兄・大海人様も難波へ
間人様は　孝徳大王の大后として　難波へ

でも　この時　悲しい事件が起こりました
出家隠遁された中大兄様たちの異母兄　古人大兄《ふるひとのおおえ》様に謀反有りと
中大兄様は　古人大兄様を滅ぼされたのです

譲位された皇極様は　飛鳥の板蓋宮に　残られました
私　額田も　皇極様のおそばに残りました
大きな神事があるときは　難波へ　行くこともありましたが

頼りにしていた　蘇我蝦夷・入鹿様親子が
息子　中大兄様により殺されたことで
皇極元大王の心は　深く複雑に傷つきました

その心の傷

「そなたと話をすると　癒される」
元大王は　娘のように　かわいがってくださり
いろいろお話をしました
野原で　草を摘みながら
宮の中・宮の庭の片隅で
二人でこっそりと

自分の娘時代のこと
舒明大王の后になったこと
子どもたちのこと
嫌だったこと
嬉しかったこと
愚痴も

時折　我が子が　入鹿を暗殺したことを思い出され
複雑な心境を吐露されることも

そんな時は　楽しい思い出をと
歌を詠んだり　しました

例えば

皇極大王のころの近江への行幸を　想いだし
　秋の野の　み草《くさか》刈り葺《ふ》き　宿《やど》れりし
　　宇治のみやこの　仮廬《かりいほ》し思ほゆ

小さくして母を亡くした私には
優しい母を思わせて下さるお方でした

中大兄様と大海人様（語り　額田王）

中大兄様は
難波に遷るとき　姉　鏡女王《かがみのおおきみ》を　お連れになりました
声をかけられても　お断りしたでしょうが
その時は　額田も行くか　と一言もなかったのが
少し　引っ掛かっていました
私より　姉を選んだ！
悔しい気持ちもありました　女の嫌な心でしょうか

この時の　中大兄様と姉の歌のやり取り
中大兄様の歌

妹《いも》が家も　継《つ》ぎて見ましを　大和《やまと》なる
　大島の嶺《ね》に　家もあらましを
（あなたの家が大和の大島にあったなら　難波の都からも見続けていられるのに）
鏡女王の返歌
　秋山の　樹《こ》の下隠《かく》り　逝《ゆ》く水の
　　われこそ益《ま》さめ　御思《みおもい》よりは
（秋の木の葉に隠されて流れていく水のように　私の恋は隠されていますが、わたしは中大兄様のお気持ちの何倍も　お慕いしています）

中大兄様は太子　お忙しく　なかなか　飛鳥へは来られませんが
大海人様は　よく母皇極様を　訪ねてこられました
生活に　困ることはないか　寂しくないか

とても　心優しく　細々《こまごま》と気が付かれますが　表に出すこともなく
例えば　宮で雨漏りがするというと　黙って帰り
翌日には　修理が始まるというように

宮にお訪ねになる折　お見掛けし
お話をすることも　……　あり

恋（語り　額田王）

私額田は　何時《いつ》しか　大海人様に惹かれていきました
馬の駆けさせ方で　わかるのです
馬の駆ける音　軽やかで　心が躍ります
明るく　おおらかで　優しい大海人様

馬に乗って　駆けてきます
「額田！」と叫びながら
飛鳥の広い野原を
飛鳥の青い空の下を

そして　私を抱き上げて　乗せ
はつらつと　駆けまわります

桃が咲き　梅が咲く　野や館

将来の国を思う大海人様
兄君　中大兄様を　助けて　国を変えていきたい
そんな難しい話も
おおらかに　楽しそうに　お話しされる大海人様

星や月をながめ　天文の話
内緒だけれど　新羅から来ていた
金春秋《こんしゅんじゅう》様を　尊敬していること
　　注）金春秋　後の新羅《しらぎ》の武烈王《ぶれつおう》

私たち二人は　気さくに明るく　話しあう
尽きることのない話
それはそれは
楽しい日々
楽しい恋

幸せのかげり（語り　額田王）

そんな　楽しかったころ
また　悲しい事件が起きました

中大兄様が
入鹿様の事件では　頼もしい味方だった
太子の愛された妃　遠智娘《おちのいらつめ》・姪娘《めいのいらつめ》様の父君
蘇我倉山田石川麻呂《そがのくらやまだいしかわまろ》様を
太子として仕事をするために　目ざわりと
謀反の疑いをかけ　自殺に追いやってしまわれました
哀しみで気落ちした　遠智娘様は
三人のお子を遺し　やがて病で亡くなられます

そのお子が　大田《おおた》様　鸕野讃良《うののさらら》様　健《たける》様

そのような中
私　額田は　母となりました
女の子が　誕生
十市《とおち》です
約一年後　大海人様の正式の妃から
高市《たけち》様が誕生

でも　特に嫉妬心もわかず
二人の恋は続くはずでしたが……

姉鏡女王　そして影（語り　額田王）

額田にとっては　姉　鏡
難波に遷るころは　中大兄様に愛され
難波へ　行き　幸せそうでしたが
中大兄様の姉への愛は　そう長くは続きませんでした

中大兄様が遠ざかってしまわれたとき
額田とゆっくり話をしました
私が　大海人様を思って作った歌
　君待つと　わが恋ひをれば　わが屋戸《やど》の
　　すだれ動かし　秋の風吹く
に対し

風をだに　恋ふるは羨《とも》し　風をだに
　来むとし待たば　何か嘆かむ
（風の音にさえ恋を感じ胸をときめかすあなたが羨ましい　訪れて来る人さえいない今の私は、風だけでも来ないか　待っています　そしてもしその風に恋を感じることが出来れば　嘆くことはないでしょうに）

やがて　鏡女王は
初めは拒否していた鎌足様の妻の一人になるのですが

この頃　私自身のこの恋にも
大きな影が　さし始めていたのです

弟の大海人様には　どうしようもない地位の方
太子　中大兄様から　大海人様へ

中大兄様の娘　大田・鸕野讃良を　妃として与えるから
額田を吾に　譲れと　迫られました
大海人様は　黙って　私の前から　去って行かれました

三　斉明朝

皇極大王の重祚　斉明大王へ（語り　額田王）

白雉《はくち》四年（六五三年）
この頃　孝徳大王を　飛鳥に残し
中大兄様たち　難波宮を捨てて　飛鳥に帰ってこられました
大后間人《はしひと》様も

一年くらいたったでしょうか

白雉五年（六五四年）
お子・有間《ありま》様に見守られながら　孝徳大王は難波宮で崩御

斉明元年（六五五年）
皇極大王が　重祚《ちょうそ》　斉明《さいめい》大王として飛鳥板蓋宮で即位
政権を独断できるように　中大兄様は太子のまま

斉明大王は　板蓋宮が大好きでした
でも　中大兄様は　新しい地に新しい宮を　お建てになりたかった
そのためか　この冬　板蓋宮は火災で　消失
飛鳥岡本宮へ　否応なく遷ることに

この年　大田様が　大海人様の正妃に　なられました
私　額田も　黙って　大海人様への思いを胸の奥底にしまいました

二年後　鸕野讃良様が大海人様の正妃に

でも　大田・鸕野讃良様の弟　健様が　お亡くなりになりました
斉明大王は　健様を　とても可愛がっておられ
再び　大きな悲しみに覆われたのです

板蓋宮の火災
斉明大王が　大変可愛がっておられた　健様の死
中大兄様と　妹・間人様との仲のうわさも加わり
斉明大王は　さらなる大きな寂しさの中に　落ち込まれました
斉明大王も　救いようのない気持ちがおありだったと思います

この頃から斉明大王は　ぜいたくな衣服をまとい　お金を使い
大きな工事を起こすことを好まれ
多武峰の頂上を石の垣で囲い
両槻宮《ふたつきみや》とも天宮《あめつみや》とも　呼ばれる　楼観《ろうかん》を建てたり

道教にのめり込まれたり

そして　新しく造った吉野離宮に行幸
額田　鏡　間人様も従いました

この頃　間人様は　兄中大兄様との仲を　斉明大王により引き裂かれ
眼はうつろ　心が無いような　表情をされていました
鏡も落ちこみが続き　中大兄様の言うとおりにするのが愛などと考えるように

吉野離宮　宮瀧周辺は吉野川随一の景勝の地と思えるほどの場所なのに
斉明大王　鏡　間人様　そして私額田の心は
それを　楽しむことは　できませんでした

巷では　労役が多くなり斉明大王は民の批判を浴びるようになりました
　三つの失敗　〇大いに倉を立て民の財を積み集めた　〇長く溝を掘って公糧を
費した　〇船に石を載せて運び積んで丘にした　などと

でもこれらは　中大兄様の　律令政治の一環でした
大王が斉明様なので　命令は斉明様の名で発信です
斉明大王には　いい迷惑な批判です

斉明四年（六五八年）
健様を失われた　斉明様の悲しみは深く　さらに紀湯《きのゆ》へ　行幸
大海人様　中大兄様も　ご一緒でしたが
またもや大きな事件が　起きたのです
今度は　額田が大好きな　将来すばらしい歌人にと期待していた

有間《ありま》様が　中大兄様の謀略により殺害されました
天地が裂けるかと　思うほど
私の心には　痛みが走り揺れました
その時詠まれた歌二首は　すばらしいものです
有馬様は　この歌を詠むために　この世にお生まれになったかと

磐代《いわしろ》の　浜松が枝《え》を　引《ひ》き結《むす》び
真幸《まさき》くあらば　また還《かへ》り見む

家にあれば　笥《け》に盛《も》る飯《いひ》を　草枕
旅にしあれば　椎《しひ》の葉に盛る

中大兄様への愛（語り　額田王）

大海人様が　離れていかれ
有間様が亡くなられ　寂しさのどん底に居ましたが
額田は　落ち込んで自暴自棄には　なりません
大海人様の　お立場　理解しています
額田は自分自身を　持ちこたえました
そうして
多くの妃を　お持ちの太子　中大兄様が
何故　弟の恋人をどうしても欲しいのか
考え　考えながら
中大兄様を　そういう目で見つめていると
中大兄様の　孤独が　みえてくるのです

郵便はがき

料金受取人払郵便

新宿局承認

1409

差出有効期間
2021年6月
30日まで
(切手不要)

160-8791

141

東京都新宿区新宿1-10-1

(株)文芸社

愛読者カード係 行

ふりがな お名前		明治 大正 昭和 平成	年生 歳
ふりがな ご住所	□□□-□□□□	性別	男・女
お電話 番号	(書籍ご注文の際に必要です)	ご職業	
E-mail			
ご購読雑誌(複数可)		ご購読新聞	新聞

最近読んでおもしろかった本や今後、とりあげてほしいテーマをお教えください。

ご自分の研究成果や経験、お考え等を出版してみたいというお気持ちはありますか。

ある ない 内容・テーマ( )

現在完成した作品をお持ちですか。

ある ない ジャンル・原稿量( )

書　名				
お買上 書　店	都道 府県	市区 郡	書店名	書店
			ご購入日	年　月　日

本書をどこでお知りになりましたか?

1.書店店頭　2.知人にすすめられて　3.インターネット(サイト名　　　)

4.DMハガキ　5.広告、記事を見て(新聞、雑誌名　　　)

上の質問に関連して、ご購入の決め手となったのは?

1.タイトル　2.著者　3.内容　4.カバーデザイン　5.帯

その他ご自由にお書きください。

(　　　)

本書についてのご意見、ご感想をお聞かせください。

①内容について

②カバー、タイトル、帯について

弊社Webサイトからもご意見、ご感想をお寄せいただけます。

ご協力ありがとうございました。

※お寄せいただいたご意見、ご感想は新聞広告等で匿名にて使わせていただくことがあります。

※お客様の個人情報は、小社からの連絡のみに使用します。社外に提供することは一切ありません。

額田王への愛　政への思い（語り　中大兄《なかのおおえ》）

額田王《ぬかたのおおきみ》は　素晴らしい女だ
弟大海人の　恋人というか妻というか
難波に行くとき　誘えなかった
誘ったら断られる
それは　吾の自尊心が許さない

間人《はしひと》とは違う　また他の妃となった女たちとも違う
儀礼や　神事　宴席などでの　所作言葉　創る詩
機智に富んだ会話
そこにいるだけで輝いている
品のある華やかさ　素晴らしい女だ

弟から　譲ってもらうには　有無を言わさないようなことが必要
吾は　決めた
弟から　黙って怨みを残さず　譲り受けるために
かわいい娘　大田《おおた》と鸕野讃良《うののさらら》を　与えようと
大田は母遠智娘《おちのいらつめ》に　鸕野讃良は吾に似ている
二人を合わせ　額田一人に匹敵　とは言い難いが
あとの幼い娘も　成長したら　大海人の妃にと考えている

吾は　政をやるべき立場に生まれた
額田は　そんな吾を理解してくれる　聡明な女だ

今の倭国では　朝鮮半島三国や隋と
対等外交は出来ない
属国にされてしまう

倭国を朝貢するのではなく　朝貢される国に
それには
倭国を　律令とか呼ばれる　政治体制に向け
進まなければならない
常に半島諸国や隋などと同等あるいはそれ以上の国でなければならない
そのために　蘇我親子《そがのおやこ》　古人大兄《ふるひとのおおえ》　石川麻呂《いしかわまろ》には　犠牲になってもらった
有間《ありま》も　ゆくゆくは吾の前に立つ大岩になるだろう
だから　殺害した

鎌足《かまたり》だって　大海人《おおあま》だって　同じ
二人は　吾にとって　両刃の刃だ
だが　この二人は吾と同じ考えだ　それは確か
大海人は　吾にもしものことがあれば　それを継承してくれる

それも　確かだ
しかし　吾のためではなく　自分がやりたいから
早く自分がやりたいと　吾を邪魔と考えないか
しかし　吾を一番理解しているのは　大海人・鎌足そして額田なのだ

中大兄様の孤独に惹かれ（語り　額田王）

中大兄様は　額田の気が　吾に向くまで待つと　私には言われました
その頃は　姉鏡大王に飽き
同母妹にご執心でした
（その仲は　斉明《さいめい》大王に　引き裂かれますが）

中大兄様は　欲しいものは必ず手に入れるお方
反発しそうなものは　抑え込む　独裁者

猜疑心は人一倍強い
人を　心から信じることのできない
そして　人一倍孤独なお方

私額田はその苦悩を　目の当たりにし
大海人様とは　違った形で
中大兄様に　惹かれていきました

国内では　政治改革
国の外に　目を向ければ
朝鮮半島での新羅《しらぎ》　高句麗《こうくり》　百済《くだら》　の争い
任那《みまな》は孝徳大王の時　廃庁になりました
中国大陸では　統一国家まず隋が起き　高句麗と戦い勝てず
間もなく　隋が滅び　唐に

唐もまた　高句麗攻略を考えているようです

東アジアの国々は　隋次いで唐の柵封下に置かれていたのです

国内・国外問題
太子・中大兄様にとって　私　額田が唯一の　心の拠り所になれるように
額田は　中大兄様を理解し　愛したのです

朝鮮半島事情　倭国の立場（語り　額田王）

倭国の周りの情勢は　忙しく動いています
朝鮮半島の　百済　新羅　高句麗の争い
大陸では　隋が滅び　唐に

倭国は
遣隋使　次いで遣唐使を派遣し
半島諸国　唐と対等に　外交展開していましたが

唐の野心は
高句麗を　滅ぼし　出来れば
朝鮮半島を　手中に　でしょうか
唐は新羅と組み　連合軍を形成

まず　新羅に抵抗する百済を　滅ぼさせようとしていました
百済は　倭国に救援を　求めてきました
救援すべきか否か
救援可能な力が　倭国にあるのか　必須検討課題です

このような　国外での　朝鮮半島　大陸の緊迫した情勢変化
起きて来る　問題に対する決定
孤独な戦いです
中大兄様は　大海人様を信頼し話し合うことを拒否されています
自分を継承していけるのは　大海人様とわかっているのに
それが　反発心になってしまっている

中大兄様は
新羅からのお使いが　唐の服装をしていると
筑紫から直接追い返すようなことも

斉明六年（六六〇年）
百済は　あっけなく唐・新羅連合軍に　敗れました
この頃　中大兄様は　漏刻《ろうこく》装置の発明をなさいました

百済の救援をすべきか否か考えながら　漏刻の仕組みを考える
その話や考えを　額田に　額田ならどうすると　御聴き
中大兄様はいろいろヒント　ひらめきを得られるようです

筑紫へ（語り　額田王）

連合軍に　敗れはしたものの　百済復興軍が編成され
百済復興軍から　救援要請の使者が　来られました
唐との海戦　半島での連合軍との陸戦
海戦に向けては　大きな船が必要
倭国には　大きな船など　ほとんどありません
兵士・兵糧の集積・輸送
海戦用船団を　どうするか

問題は山積み
大海人様も鎌足様も　救援反対意向でしたが
太子・中大兄様は　救援すると決定
従われました
戦う以上は　勝つことを念頭に準備
徴兵　戦闘船　輸送船　急ピッチで施行
全国レベルです

そして
斉明七年（六六一年）正月六日
斉明大王を奉り
難波津から筑紫に向け　大船団が出航しました
額田も　大田妃も　鸕野讚良《うののさらら》妃も　お仕えする采女《うねめ》もみな随行です

間もなく　大海人様の大田妃が大伯の地で　女の子をご出産　名は大伯《おおく》
中大兄様妃　姪娘《めいのいらつめ》様も　女の子を出産　名は阿部《あへ》（後の元明天皇）

斉明大王の負担軽減と　天文の読みから
伊予道後温泉熟田津に　半月ほど停泊

三月　ある夜
額田は
あの後世有名になっている歌を詠みあげたのです
太子中大兄様と　舳先に立ち　星・月を眺め　潮流を確かめ

熟田津《にきたつ》に　船乗《ふなの》りせんと　月待てば
潮《しほ》もかなひぬ　今は漕《こ》ぎ出《い》でな

熟田津《にきたつ》に　船乗《ふなの》りせんと　月待てば
潮《しほ》もかなひぬ　今は漕《こ》ぎ出《い》でな

太子中大兄様は　大きく号令をかけられます
「いざ　出航！」
大船団は　ゆっくり　しかし　しっかりと　筑紫へ向け　進み始めました

斉明大王　崩御（語り　額田王）

筑紫への旅　筑紫の地での　暮らしは　お年を取られた斉明大王には
大きなご負担を課しただけでした
ただでさえ　大きな苦しみと寂しさの中でお暮らしだったお方でしたから
七月　六八歳で斉明大王は崩御

中大兄様と大海人様に
「仲良く　いさかいせぬように　兄弟なのだから」
わかってはいたことですが　十分わかっていましたが
額田は胸が張り裂け　何もして差し上げられなかったのではと
悔しさと哀しみに包まれてしまいました
中大兄様も　大海人様も　同じお気持ちだったでしょう
斉明大王のご遺体は　大海人様　大田・鸕野讃良様　額田が飛鳥まで
お送りいたしました

大海人様は
百済復興軍救援という大きな仕事に向け　すぐ筑紫へお発ちになりました

四　天智朝

白村江の戦い　惨敗（語り　額田王）

中大兄様は　即位されず　太子のまま称制されることに
大王になると　やりたい政がやれないからでしょうか
律令という名の　大王を頂点とした　中央集権国家の確立を

そうしている間も　筑紫と朝鮮半島との間で戦闘は　続きましたが

天智二年（六六三年）　白村江の戦い
倭国海軍は　新羅・唐連合軍に惨敗
数年以上は立ち直れないような　大敗です

ただ　戦場が倭国でなかったことが　幸いでした
この時　百済から　新羅から多くの民が倭国へのがれてきました
唐からは　倭国内の偵察もかねて　見張り役のような使者も
しかし　倭国は唐の柵封下には置かれないよう大きな態度で終始対応
中大兄様は　一人で責任を取ろうと　耐えられました
悪夢にうなされることも
総責任は　太子・中大兄にあると
心の中に「唐が攻めて来るのでは」との大きな不安を
抱え込みながら
太子として　そこから逃げることはありません
中大兄様は　つらいときは　必ず　額田のところへ来て下さる
「吾を　支えられるのは　額田だけ」と

これからの防備についても
皆と　話し合いの前に　こう思う・こう考える
と　額田の前で　お話しくださいます
「話していると　不備な点がみえたり
聴いてもらえるだけで考えがまとまる」とも
時折は　額田ならどう考えるか　どう行動するか
額田の意見や思いもお聞きになります
他の妃や　鎌足様や大海人様に言えない悩みも
鎌足様や　大海人様がどう考えるか　心の底を　率直に聞けないお方なのです
細々《こまごま》とした　色々な話をされます
その中で漏刻装置発案の苦労話や　成功したときの喜びをも

この時
主に唐に対する防備ということで

水城《みずき》や烽火《ほうか》　防人《さきもり》の設置も施行されました

そうそう
白村江の戦いの前年　鸕野讃良妃が草壁《くさかべ》様を
白村江の戦いの年　大田妃が大津《おおつ》様を　ご出産

額田王への想い　政へのこころざし（語り　大海人）

一見穏やかだが　成長につれ変化か
兄・中大兄のそばで　暮らすうち
大陸や半島諸国の学問　儒教　仏教　道教　天文
いろいろ学ぶうち
大きく　変化していったのか

兄が　試行錯誤している　新しい政
それは
唐の柵封下に置かれないこと
対等の付き合いができること
兄に協力し　兄の後を追って行動する
飛鳥に帰ったころは考えていた

やがて
額田という女性に　一目ぼれし　恋に陥った
しかし　この時兄も　額田を欲しがっていることに気づいた
負けられない　取られまい　秘かに対抗意識が燃えた

しかし　入鹿《いるか》親子《おやこ》　古人大兄《ふるひとのおおえ》　石川麻呂《いしかわまろ》　などの殺害を見
伯父　孝徳《こうとく》への仕打ち

孝徳の子　有間への　態度を見ていると
兄には　十二分の注意が必要と考えるようになった
兄の猜疑心は　懐刀のような鎌足にさえ　向けられていることが
その火の粉は　いつ自分に　降りかかるか
潜在的に　防禦しなければ

吾は
半島・大陸の学問　考えを学び　天文　隠遁などにも興味を持つ
武術も好き
おおらかさ　人が好きは持ち前
まわりの　舎人《とねり》　采女《うねめ》　各地の豪族などに　慕われている
これもうまく立ち回らないと　兄を刺激してしまう
また　新羅の武烈王《ぶれつおう》を　吾は尊敬している

（金春秋《こんしゅんじゅう》として　一時期倭国にいたころからだが）
吾は　新羅とうまくやりたい　百済救援には反対だが

兄は　百済から人質として来ていた豊璋王子《ほうしょうおうじ》と
小さいころから　一緒に育ったからか　仲が良かった
百済救援　兄が　決断したら　やれるだけやらなければいけない
決して逆らっては　いけない
この辺り　用心深さは　兄似　なのか

しかし負ける可能性は非常に高い
負けた後　どのように行動するかが大切
唐がなにを望んでいるか　新羅は勝ったあとも唐に追随するのか
新羅の武烈王は　単純な王ではない

そして　倭国は大敗　兄は早々と　飛鳥に引き上げた
筑紫での　戦後処理を　一手におこなっていたが
飛鳥から「こちらも大変だから　早く飛鳥へ　引き揚げろ」
と、命令である
きかなければ　兄は何を考えるか　わからないから　不気味
筑紫の処理は　他に任せ
飛鳥へ　帰った

防衛（語り　大海人）

唐が　攻めて来るかもわからない
兄は　不安におびえながらも
唐　新羅に　対抗できるよう
水城《みずき》　烽火《ほうか》増設　防人《さきもり》制度を施行

飛鳥では　難波から攻め込まれた場合　防禦機能が薄い
遷都を　考え始めた
近江へ
宮造りの設計を　相談されたり
吾の近江の館を　設計したり
創ることを考えるのは　楽しい

吾は　唐の使者や　新羅の者と　秘かに接触
唐も新羅も　高句麗が目障りなだけ
唐や新羅は　わが国には攻め込まないと　考えているが
兄に　伝えれば　疑われる
この頃
兄の第一子である大友が　しっかりした青年に成長し
兄は目に入れても痛くない可愛がり様

そうなると　将来吾の存在は邪魔なのである
今　まだ何も言わないが
吾は　その時のための用意を　怠ってはいない
舎人を　理解し　美濃・尾張の豪族たちと　話し合い
秘かに　吾の味方へと　導いていった

兄とは戦いたくない
兄との戦いを考えると　母と額田の顔が浮かぶ

近江遷都（語り　額田王）

太子中大兄様は
行政機構を整備しながら

飛鳥では　唐が攻めて来た時　防ぎきれない
防衛のため　一日でも　早く
安全な場所　近江への遷都を　考えられていました

天智六年（六六七年）
三月　飛鳥の豪族たちの不満を押し切って
建設半ばの近江の宮へ　遷都となりました
皆　引っ越しです

額田は飛鳥を去る　最後の集団です
淋しくなった飛鳥　お別れです

味酒《うまさけ》　三輪《みわ》の山《やま》　あをによし　奈良の山の　山の際《ま》に　い隠《かく》るまで　道の隈《くま》
い積《つ》もるまでに　つばらにも　見つつ行かむを　しばしばも　見放《みさ》けむ山を

心なく　雲の　隠《かく》さふべしや

（三輪山を　奈良の山々の向こうに　隠れるまで　道をいくつ曲がっても　見続け眺めたい山なのに　心ないように　雲が隠してよいものか）

三輪山を　然《しか》も隠すか　雲だにも

心あらなも　隠さふべしや

（三輪山を　そんなに隠すのか　せめて雲だけでも　この気持ちを察して隠さないでほしい）

注）三輪山は　奈良県桜井市三輪にある山
山全体が大神《おおみわ》神社の御神体とされている

この時大海人様は　近江のお館の設計図を創られています

近江の都の設計にも　携わられました

半島から入ってくる　都づくりを学ばれ　大海人様独特のお考えで
設計されているようです
中大兄様が　漏刻の仕組み　設置など
生活に必要なものを考えられているように

遷都後まもなく大田妃が崩御され
斉明大王の墓所に　お眠りになっています

中大兄　大王に（語り　額田王）

天智七年（六六八年）
中大兄様　四二歳で　即位されました
弟大海人様は　太子？　これがはっきりしませんでした
大海人様は　ずっと人々から太子弟と　呼ばれていました

そのまま　太子弟？
そして　十市《とおち》が　中大兄様の第一子　大友《おおとも》様の妃になりました

十市と大友様（語り　額田王）

私額田は　複雑な心境です
大海人様が「兄から大友の妃に十市をとご相談があった
額田が　承知すればと返事した」
と　少々ずるいお返事ですが
額田は　むしろ良いお話と思って　承諾しました
ところが
十市が　幸せそうではないのです
　活発で明るい十市が　沈んだ妃になりました
　活発で明るいことを　大友様は　お嫌いとか

物静かに　するように叱られると

十市が　小さなころから高市《たけち》様と
楽しそうに　笑い　話し　行動する
本当に仲良く活発な十市と高市様を見てきました

十市に「いつか妃にならなければいけない　どなたがいい？」
と　聞いたことがあります
その時　十市が言ったこと　すっかり忘れていました
「大友様だけは　嫌」

春山　秋山　どちらに趣がある？（語り　額田王）

近江遷都後

新羅や百済から　倭国へ逃れ来た　人々も多く
その知識や技術を　皆さま学ばれましたが
百済の方々を　優遇すると　唐を刺激する恐れも
百済の方々も　高句麗　新羅から来られた方々も　分け隔てなく
東国へ　お移しになったり

中大兄様は　不安を　払拭するように
宴会や狩りを　しばしば催されました
そういう宴席には　額田も　列席いたします
中大兄様や大海人様とは　距離を置いて

宴席では　皆様歌を詠まれます

ある漢詩の宴で

中大兄様が　皆様に尋ねられました
「春山に咲き乱れるいろいろな花のあでやかさと、秋の山を彩る様々な木の葉の美しさと、どちらに趣があるか」
そして　大きな声で「額田　そなたはどうか」とも
その時の　額田の歌です

冬ごもり　春さり来《く》れば　鳴かざりし　鳥も来鳴《きな》きぬ　咲かざりし　花も咲けれど　山を茂《しげ》み　入《い》りても取らず　草深《くさふか》み　取りても見ず　秋山の　木の葉を見ては　黄葉《もみぢ》をば　取りてそしのふ　青きをば　置きてぞ嘆《なげ》く　そこし恨《うら》めし　秋山われは

（春がやって来ると　鳴いていなかった　鳥も来て鳴きます。咲いていなかった花も咲いていますが　山が茂り　草が深いので　見えにくく　取ることもできません。

秋山は　黄色く色づいた木の葉は　手に取って美しさを堪能できます。青いのは　そのままにして嘆きます　その点だけが残念ですが　秋山が良いと思います

わたしは）

蒲生野にて（語り　額田王）

即位された年の　五月
琵琶湖東岸　蒲生野《がもうの》で　大きな狩りがおこなわれました
女は草摘み　薬草や染め物用の草を摘みます

多くの人から離れ　蒲生野を　散策している時
懐かしい　馬の駆ける音がします
私を　ときめかせた　あの蹄の音です

久しぶりに　身近で　お話をしました
昔のこと
十市のことも
心の奥底にしまい込んだ　大海人様への　恋心
懐かしいような　悲しいような

お喋りには　なりませんが　額田には　わかります
中大兄様と大友様との間に入り　太子弟と呼ばれる微妙なお立場が
下手をすれば　お命が亡くなります
額田は　お二人が争うことは好みません
斉明《さいめい》大王が　お亡くなりになるとき
「仲良く　いさかいせぬように　兄弟なのだから」
と　いわれました
お二人の優劣　つけがたいお子をもたれた斉明大王の

大きな願い　そして危惧だったのでしょう
私　額田の気持ち　お察しください
心の叫びに

「わかっている　考えている　決して軽挙なことはしない
用心も　している」

人が来る

大海人様は　またくるりと　馬に乗り
「またな」　と駆けて行かれました

この時の　宴席で　披露した

額田の歌
あかねさす　紫野《むらさきの》行《ゆ》き　標野《しめの》行《ゆ》き
野守《のもり》は見ずや　君が袖振《そでふ》る

大海人様の歌
紫草《むらさき》の　にほへる妹《いも》を　憎《にく》くあらば
人妻《ひとづま》ゆゑに　吾恋《われこ》ひめやも

大海人様と額田　二人だけにわかる歌です
天智七年（六六八年）　高句麗が唐に滅ぼされました

鎌足様の死（語り　額田王）

天智八年（六六九年）秋
中臣鎌足《なかとみのかまたり》様が亡くなられました
亡くなられる前日に内大臣《うちつおみ》に任じ　藤原の姓を与えられましたが
お使いは大海人様でした

中大兄様即位時
大海人様　はっきりとは太子に指定はされませんでしたが
律令制へ向け　少しずつ政が変わっていきます
たとえば
天智九年（六七〇年）
二月「庚午年籍《こうごねんじゃく》」（日本最古の全国的戸籍）が完成

これは　公地公民制の土台になるものでした
　十一月　第一子　大友様を史上初の太政大臣に任じられました
この頃から中大兄様は体調を　お崩しになっているようでした

吾亡きあと（語り　中大兄）

天智六年（六六七年）　吾は即位した
唐　新羅の軍が攻め来る不安をかかえ
冠位を変更したり　公地公民制の土台として必要な戸籍をつくる準備を始め
一方で　半島からの　知識　技術を学ぶ
大友も　何とかついてくる
しかし　吾がなにをしたいか　一番理解しているのは
鎌足亡き後　弟大海人なのだが

天智十年（六七一年）には
飛鳥で完成させていた　漏刻を大津宮の新台に置いて
鉦鼓を打って時報を知らせることを開始
（グレゴリオ暦に対応する六月十日　時の記念日に）
体調が思わしくないが　やらなければいけないことは　山積みだ
吾一人では　無理なことはわかっている

この頃から　吾は病に　憑《と》りつかれた

吾の後を　きちんとできるのは大海人しかいない
大友は　若い　すべてをわかってはいない　しかし　吾は大友が可愛い
大海人に補佐を　してもらいたいが　そううまくはいかない

十月　大海人は吾の見舞いに来て
大后倭姫王《やまとひめのおおきみ》が即位し　大友を太子にし　執政とするよう薦め、
自らは出家し　吾の病平癒を祈ると
その日のうちに剃髪し　吉野へ下った
吾は追っ手を出さなかった
吾は大海人を　抹殺できない
吾が大海人に敵対すれば　あるいは逆のことがあれば
額田を苦しめるのみ

大友と争うことになるだろう
その時は　勝った方が　天の命による王者になるのだ
倭国を　独立した国にするだろう

野望への道（語り　大海人）

追手が来るのではないか
近江を出るとき　追い詰められた焦りのなか
無事唐崎を過ぎた
そこからは　吉野宮瀧に向かい　必死の行軍である
寒さ　雨　雪
鸕野讃良《うののさらら》がしっかりとついてきた　草壁《くさかべ》を抱き
彼女は　吾を理解している　二人の女の一人

もう一人は　額田
彼女は近江にのこり　兄を看取るであろう　静かに
今までを　振り返りながら

吾と中大兄二人を　理解し　争わぬよう気を使い
しかし　しっかりと自分の立場を知る女
額田が　そばにいる
娘十市《とおち》が、心から愛している高市《たけち》がそばにいる
大友の動きに何かあれば　秘かに吾につたわるような行動を起こせる

吉野宮瀧への道は　大変なものだった
鸕野讃良も舎人たちも　黙ってすすむ
休む暇なく
何時　追手がくるか　わかったものじゃない
最悪は雪の芋峠《いもとうげ》越え
　吾は後に　その時の心境をつづった
み吉野の　耳我《みみが》の嶺に　時なくそ　雪は降りける　間《ま》なくそ　雨は零《ふ》りける

その雪の　時なきが如《ごと》　その雨の　間なきが如《ごと》　隈《くま》もおちず　思ひつつぞ来し
その山道を

吾は近江朝に戦いを挑む決意を心の奥深くに持っている
その初戦は　この芋峠越えだ

吉野着　素早く隠密裏の行動開始
美濃　東海尾張　信濃　伊勢の豪族たちに
大和はじめ　西国　北陸　九州など　近江朝に反感持つ豪族たちに
しっかり使者を送り　語り合う
吉野の国人たちとも　語り合う
かたい結び付きを　作るため
兄が亡くなるまでに　やり終えなければいけないこと　山積している

強い刀を作るため　高句麗《こうくり》と行き来のあった
越の国の豪族と語り合い
高句麗の練鉄《ねりてつ》を　求めることに成功
強く折れない刀を　皆に持たせたい

それぞれの国の豪族やその家来たちと
心置きなく話せるように
吾は　それぞれのお国言葉を学んできた
美濃のものと話し合う時は　美濃の言葉で

やがて　冬を越すことなく兄は亡くなった
天智十年十二月三日（六七二年一月七日）

兄・中大兄　崩御

これで　吾は兄と争うことはなくなった
近江朝　大友との　争いはある
この争いは　額田を悲しませはしまい

中大兄・天智大王崩御（語り　額田王）

中大兄様が亡くなられました
中大兄様を失った哀しみ　その額田の心　中大兄様おわかりでしょうか

大きな国という物をつくりあげたいという理想に燃えて
孤独な戦いの一生でした
孤独な戦いは終わりました

悪夢にうなされることは　もうありません
安らかにお眠りください
兄弟の戦いは　避けられました
大海人様と大友様は　対立なさるでしょうが
政　目指す方向は　同じです
律令政治

歌にこめた額田の心　万葉集に二首残りました
かからむの　懐知《おもひ》りせば　大御船《おおみふね》
泊《は》てし泊《とま》りに　標結《しめゆ》はましを
（あの世へと旅立って行かれるおつもりと知っていたのなら　お乗りになる船の
留まっている港に　出航を禁じる標を結んでおいて　決して旅立たせたりなどし
なかったのに　なんとしても　中大兄様の旅立ちをお止めしたかった）

注）天智大王崩御の後　埋葬に先立って新城《あらき》に祭られた時に詠まれた一首か　（新城：本葬前に棺に遺体を納めて仮に祭ること）

やすみしし　わが大君の　かしこきや　御陵仕《みはかつか》ふる　山科の　鏡の山に　夜《よる》はも　夜《よ》のことごと　昼はも　日のことごと　哭《ね》のみを　泣きつつ在《あ》りてや　百《もも》磯城《しき》の　大宮人《びと》は　去《ゆ》き別れなむ

（国土を　お治めになられた　わが大君　その御陵としてある山科の鏡の山に夜は一晩中　昼はひねもす　さめざめ泣き続けて侍宿していた　大宮人も　今はもう去り別れ行くときになりました　お別れです）

注）天武三年（六七四年）

壬申の乱で　造営が遅れていた山科陵《やましなのみささぎ》の増築が成った時、額田が勅を拝して作った歌

御陵に眠る中大兄の魂はきっと寂しがっていることだろうとの別れを惜

しむ一首

挙兵　勝利への祈り（語り　額田王）

大海人様は　中大兄様が亡くなられると
秘かに　しかし大急ぎ　行動を開始

美濃　東海尾張　伊勢　東山（信濃など）の豪族たちへ　紀州の豪族たちへ
挙兵の使者を　送り
西国　九州にも　大海人様に　心を寄せる豪族が居ますが
この方たちは　行動をすれば目立ちます　何事も秘かに

大海人様は
天武元年（六七二年）六月終わり

わずかな供を連れ　吉野宮瀧を御出立　挙兵です
前漢の高祖《こうそ》劉邦《りゅうほう》に倣《なら》い　目印は「赤」
数十人の軍は　たちまち数万の軍に

伊勢を通られたとき　伊勢神宮を望拝し　勝利を天照大神に祈願されました
七月には　近江を脱出された高市《たけち》様と合流
後の世にいう　壬申の乱勃発です

近江朝側は　大きく動揺
大海人様に寝返る者
密かに大海人様に味方しようとした豪族たちを　殺したり
その混乱の中　近江朝にいらした大津《おおつ》様は　無事に救出

十市《とおち》も額田も　それぞれの屋敷で息をひそめていました
秘かに大海人様　高市様の勝利をお祈りして

近江朝側は後手後手になり
七月二十三日　大友様ご自害

この戦では
高市様が　陣頭指揮
目覚ましい活躍をされました
　その雄姿は　高市様が亡くなられたとき
　柿本人麻呂《かきのもとのひとまろ》様が　お詠みになりました

高市様
本当に　大海人様に　そっくり
文武に　優れながら　ご自分の立場をわきまえたお方です

十市が　恋し愛した人　十市をほめてやりたい

五　天武朝

勝利　政治改革（語り　大海人）

勝利
近江側に付いた　豪族を一掃
吾は美濃にとどまり　戦後処理

その後　飛鳥島宮　次いで飛鳥岡本宮に入った
岡本宮の東南　少し離れたところに大極殿を建てた
晩年　二つあわせて　飛鳥浄御原宮《あすかのきよみはらのみや》と名付けた
しかし　吾はこの地に満足せず　永続的な都を建設する抱負をもち
天武五年（六七六年）　藤原京として完成させる都の計画を始めた

が　遷都はできなかった
また　都造りで　吾は副都を考えた　西と東に
西は　叔父孝徳《こうとく》の難波宮の　難波京に　（天武十二年）
東は　信濃に　と考えた　天武十三年視察をしたが　着手はできなかった

即位　天皇号　日本号（語り　大海人）

天武二年（六七三年）二月二十七日　即位

吾は大王を「天皇《すめらみこと》」と称した
大国の大王の称号　それが天皇
天皇とは　道教では　宇宙の最高神
しかし　唐を刺激しない呼称
　唐では天皇は　皇帝より下位

「唐や朝鮮半島の国々と対等に」の考えのもと
ある仏典にある「日出ずる処は　是れ東方」より
倭国も「日本」とした

注）東野治之によれば　仏典『大智度論《だいちどろん》』巻十に
　経の中に説くと如《し》くんば
　日出ずる処は　是れ東方
　日没するところは　是れ西方
　日行く処は　是れ南方
　日行かざる処は　是れ北方なり

そして
鸕野讃良《うののさらら》を皇后とした

戦いの勝利　そこまでの道のり　吾の努力と皆への愛が　伝わったか

吾に従った豪族たち　臣下は　吾を神のように　敬ってくれる
以前から考え考え練ってきた吾の政治に向けて　行動開始
吾は　一人の大臣も置かず
法政　兵政など最重要なものは吾直属とした
吾を中心に　吾や兄の子　その一族を要職に配置したが
吾ら一族が政務を掌握したのではない
権力は　あくまでも吾一人にある

一族と臣下を　しっかり区別し
兄の足跡を踏襲しながら　最終的には冠位四十八階制に
諸王対象に四位　五位など「位」を付け
兄や吾の子その一族には「明」「浄」「正」「直」と言った修飾をつけた
　明位　浄位など（神道と道教の合体したような考え方）

等々
細々《こまごま》とした規則を作り
律令への体制を整えた

外交（語り　大海人）

唐と新羅は朝鮮半島を巡って争い　それぞれ日本と外交したがっている
吾は　低姿勢をとる新羅と使者をやりとりし、文化を摂取
一方　唐には使者を遣わさず　大国として対面を繕った
兄と異なり親新羅外交をとったが
国内的には新羅系渡来人を優遇したわけではなく
百済系の人を冷遇したわけでもない
吾は征服・干渉のための軍を起こさず　即位後は内外に戦争がなかった

文化政策（語り　大海人）

吾は　幼少のころから天文に興味をもち　はまり込んで習った
ここに道教の思想が嵌ってはいたが

天武四年（六七五年）一月五日
日本初の占星台（天文台）を建てた

また
日本と呼称したこの国の
昔からの　伝統的な文芸・伝承をより深く広く知り
世（国内外）に　広めたいと考え
各地方に在る・言い伝えられている文化を掘り起こし

整理させた

そして
天武十年（六八一年）
兄そして吾が子及び臣下に対し「帝紀上古諸事」編纂の詔勅を出し　後の日本書紀編纂を
また稗田阿礼《ひえだのあれ》に帝皇日継と先代旧辞（帝紀と旧辞）を詠み習わさせ　古事記編纂開始

そう　それは
古事記　万葉集に代表される土着の文化　国内向け文化
日本書紀　懐風藻に代表されるような中国文化に侵されることがない日本国外向け文化を記したもので
世界に誇れる　日本に現存する最古の史書となっている

完成は吾が亡くなってからだが
完成させてくれた人々に感謝する

十市との永遠の別れ（語り　大海人）

そんな中
最愛の娘　十市が急死した
青天の霹靂だ
天武七年（六七八年）四月朝のこと
斎宮《いつきのみや》での神祇をおこなうため　行幸しようとした
まさにその時のこと

「十市　十市　……」「十市　十市……」

吾は　吾を忘れた　雄叫びをはなった
この悲しみ　この喪失感　表現できない
神祇など　すべて取りやめ
吾　額田　高市
それぞれ深い悲しみ・深い喪失感に　つつまれた

継承の悩み（語り　大海人）

落ち着いてくると　やはり継承者が心配
殺し合いは　したくない　仲良く譲り合いで
政治を　補佐し　次いでいってほしい
「親ばか」「身内びいき」かもしれないが
吾の子たち　兄の子たち
しっかりした子ばかり

鸕野讃良の気持ちを汲み　将来太子は草壁《くさかべ》にと考えている
大津《おおつ》は2番目　高市《たけち》は3番目とした
二人は草壁より　かなり優れているが
他の子も　草壁より優れているのがいるが

吾が亡くなった後
鸕野讃良が　兄のような行動に出ないように　祈るばかりだ

高市　十市が惚れた男
十市　お前は見る眼がある　褒めてやりたい

吉野の盟約（語り　大海人）

天武八年（六七九年）
吾と皇后は　六人の子と　吉野で盟約を交わした（吉野の盟約）
六人は　吾の子　草壁、大津、高市、忍壁《おさかべ》
　兄の子　川島《かわしま》、志貴《しき》
吾はこの子どもたちに　猜疑心など持ってほしくない
殺し合いなどしてほしくない
仕事は分担　協力して実行してほしい
心から祈っている
吾は　子どもたちに
互いに争わず協力すると誓わせ　彼らを抱擁し
続いて皇后も子どもたちを抱擁したが……

この年
皇后が病《やまい》を得たため　吾は薬師寺を建立することにした

天武十年（六八一年）
吾は「十九歳になった草壁を太子にする」
大極殿で　兄や吾の子たち、諸王、諸臣に対し知らせた
実務能力がない年少者を太子に据えた例はなかったが
鸕野讃良の強い思惑から　踏み切った
また
「律令の編纂を始めた」

さらば　額田　出会えてよかった（語り　大海人）

天武十四年（六八五年）に入ると
吾は　体調が悪く　病気がちになった

朱鳥《あかみとり》元年（天武十五年）（六八六年）
七月「天下のことは大小を問わずことごとく皇后及び太子に報告せよ」
と勅し　鸕野讃良・草壁が共同で政務をとるように言い残し　崩御

額田　なにも言わなくても吾の心　わかってくれる
静かに　心奥深く　流れ続けた　そなたへの気持ち
額田の顔
額田　色々な思い出　ありがとう

そなたに会えて　吾は最高に幸せだった

額田　さらばだ

大海人様との別れ（語り　額田王）

大海人様が　お亡くなりになりました
大海人様が　お亡くなりになりました

大海人様が亡くなられ
深い悲しみ　寂しさ　まだまだ癒えぬ
一か月後
「大津様の謀反という」讒言があり（鸕野讃良様の先制攻撃でしょうか）
大津様　ご自害

大津様は非常に優秀な方でした
あの壬申の乱時は　幼いながら
独りで近江に　残り　人質のような生活に耐えられました

注）大津皇子：「日本書紀」より
母の身分は、草壁と同等　　立ち居振る舞いと言葉遣いが優れ、天武
天皇に愛され、才学があり、詩賦の興りは大津より始まる
（草壁の賛辞は何もない）
草壁の血統を擁護する政権下で書かれた書紀の扱いがこうなので、識
学者のうちに二人の能力差を疑うものはいない。

だから消された
鸕野讃良様にとっては　もっとも邪魔な存在

大海人様の危惧が　実際に起こったのです

この事件　よく似た事件がありました
額田は　有馬様の事件を思い出しました
鸕野讃良様は　中大兄様の娘です

鸕野讃良様が　皇后として称制されていましたが
朱鳥元年（六八六年）　大海人様が亡くなられた　三年後　四月
草壁様が二十七歳で　お亡くなりになりました
息子軽《かる》様はまだ七歳（後の文武）

鸕野讃良様　が即位され
即位後　高市様を太政大臣に　大海人様の改革を引き継がれました
そう鸕野讃良様の政治は　大海人様の政策を引き継ぎ、

完成させるものでした
二本柱は飛鳥浄御原律令の制定と藤原京の造営
官人層に武備・武芸を奨励、歴史編纂事業の継続
鸕野讃良様には
大海人様のように　中大兄・大海人様のお子たち　諸王　諸臣下の懐柔や支持を
必要としない
カリスマ的権威がありません

律令国家建設・整備政策と
同時に大海人様の権威を自らに移しかえることに苦心されたようです
柿本人麻呂様に天皇を賛仰する歌を作らせ　個人的に庇護されたらしく
人麻呂様は　鸕野讃良様が亡くなられるまで
宮廷詩人として天皇とその力を讃える歌を作り続けられました

朱鳥二年（六八八年）
前代から編纂事業が続いていた飛鳥浄御原律令を制定、施行されましたが
十二月　巷で流行していた　双六を禁止されました
大海人様は　こういう博打っぽいお遊びが　お好きでしたが

そして　新羅にのみ朝貢をおさせになり
唐とは公的な関係はお持ちになりませんでした

六　それからの額田王

私額田万華鏡を回し　思い出を追います

大海人様の思い出（語り　額田王）

私　額田は万華鏡を回し　思い出を追います
大海人様の　その後の思い出を　追っています
大海人様は　権力をすべてご自分に集められ
改革を　押し進められましたが　一方
大海人様は　気さくで　なぞなぞが大好きな　庶民的なお方

遊興的なものも大好き
博打の大会を開いたり　種々の芸能をもつ人々を大切にされました

人々の近くに寄り添い　人々の心をよりご存知でした
その心をわかろうと　お若いころから地方言葉をおぼえられ
美濃の方なら美濃ことば
尾張の方なら尾張ことば
　で、お話しされるのです
この人々の持つ　自然崇拝
空の星々　月　山々や海　道の小石　草木まで神が宿るという考え
を大切になさいました
そして
この人々に日本という国の意識を持ってほしい

それぞれ地元で祀られていた各地の　昔からある神社・祭りを
大切にされ　保護されました
中には
五節の舞・新嘗祭のように　国の祭祀にも

その際
大海人様は　伊勢神宮を特別に重視され
五十鈴川沿いの現在地にお建てになり
日本の中心の神社とされました

仏教保護も手厚く
各地に　氏寺が盛んに造営されましたが　政策的な後押しをされました
大海人様のなさりたかったことの　基本は人々の幸せです

人々が　お互いに助け合い　幸せに暮らすことです
大海人様の時代
理不尽な殺し合いや戦いはありませんでした

本当に　私額田が一生恋し続けた　大海人様は
ものすごいお方でした　立派なお方でした
そんなお方と　一生かけて恋し合ったこと　額田の誇りです

十市の思い出（語り　額田王）

大海人様の　日本という国づくりへの真剣な取り組み中
十市が　突然亡くなりました

十市　私の娘
父は　私の初恋の相手　大海人様

彼女は　若くして　父大海人様・母額田より先に亡くなりました
高市様に　愛を捧げながら

幼いころから　高市様と　仲がよく
よく　戯れていました
それが　恋に発展していたのに
私は　十市が　大友様の妃になることを承諾させてしまいました
これは　私の大きな　過ちでした
私にそっくりな　十市は　その大切な若さの時
私が謳歌した　恋を
心の奥底に　押し込んで生きていたのです

あの戦は（壬申の乱）　十市を解放しました
高市様への思いを　解放しました
高市様も　同じ

十市が亡くなった時
高市様が十市を偲んでお気持ちを詠まれました

三諸《みもろ》の神の　神杉《かみすぎ》　夢《いめ》にだに
　見むとすれども　いねぬ夜ぞ多き
（三輪山の神杉を見るように、あの今は亡い美しい人にせめて夢の中で会いたいと思うが、悲しみで眠れない夜が多くて会うことはできない）

三輪山の　山べまそゆふ　短かゆふ

かくのみゆゑに　長くと思ひき

（三輪山の山辺に生えた苧《からむし》から執れる木綿は短いが、そのように十市の生命も短かった　せめてもう少し長くあったらと思いやりきれない）

山吹の　立ちよそひたる　山清水《やましみず》

汲みに行かめど　道の知らなく

（山吹の花の咲きかかっている山の清水よ　そこへ行けば亡き十市が居ると思うが　そこへ行く道が判らない）

三首　高市様の亡き十市に対する切々たる気持ちに

ただ　涙するだけです

額田と大海人様にそっくりな　十市と高市

その恋も　そっくり

万華鏡の向こう　大海人様と額田
十市と高市　の語り合いが　見えます
川辺で　お花に囲まれて
のびのびと明るく　語り合う　二人

それからの額田（語り　額田王）

鸕野讃良様の世
額田は　大和でひっそりと　神にお仕えしていました
時折秘かに　大海人様・中大兄様のお子様方が　お見えになりました
こっそりと
すばらしい歌も　およせくださいましたが
その中で
弓削《ゆげ》様が吉野の宮へ行かれた時

古《いにしへ》に　恋ふる鳥かも　弓絃葉《ゆづるは》の
　御井《みゐ》の上より　鳴き渡り行く
（昔を恋しく思う鳥だろうか、弓絃葉の御井の上を鳴きながら渡ってゆくよ）
（この鳥は霍公鳥《ほととぎす》をさす）
それは　中国の故事にちなみ　大海人様の思い出を
大海人様が大津様のことを　悲しんでいらっしゃるのでは？
と　想いをこめた歌でした　（万葉集一一一番）
　　注）中国の故事
　　蜀《しょく》の望王が退位後に復位しようとしたが死んで叶わず
　ホトトギスとなり「不如帰（帰るに如かず）」鳴いている
注）弓削皇子《ゆげのみこ》は　天武天皇の第六皇子で、長皇子《ながのみこ》の弟

額田は　こう　お返事しました　（万葉集一一二番）
古《いにしへ》に　恋ふらむ鳥は　霍公鳥《ほととぎす》

けだしや鳴きし　わが念《おも》へる如《ごと》

（昔を恋しく思って泣くその鳥は霍公鳥でしょう。たしかに鳴いているでしょう。私が昔を思って泣いているのと同じように）

また　吉野から蘿生《こけむ》した松の柯《えだ》で折り弓削様が　お送り下さった歌への　お返事です（万葉集一一三番）

み吉野の　玉松の枝《え》は　愛《は》しきかも
君が御言《みこと》を　持ちて通《かよ》はく

（み吉野の玉松の枝は愛しいことです　貴方のみ心を言葉に持ち通ってきてくれました）

注）鸕野讃良の世　額田王の微妙な立場
弓削皇子にとって　自分と同じ微妙な境遇にある額田王が
心を許せる大切な相手だったのかもしれない

でも
持統十年（六九六年）　高市様　文武三年（六九九年）　弓削様
大宝二年（七〇二年）　鸕野讃良様が　旅立たれ
そして　慶雲二年（七〇五年）　孫の葛野王《かどのおう》が　亡くなりました

額田は十分生きました
多くの愛する人々よりも　より長く生きました
愛する人々を失う悲しみを　より深くより多く味わいました

エピローグ

万華鏡は戻る
ある駅のコンコース
その隅っこで　ピアノに合わせ額田は歌う

中大兄へ

熟田津《にきたつ》に　船乗りせむと　月待てば
潮《しほ》もかなひぬ　今は漕ぎ出《い》でな

熟田津《にきたつ》に　船乗りせむと　月待てば
潮《しほ》もかなひぬ　今は漕ぎ出《い》でな

大海人へ

あかねさす　紫野《むらさきの》行き　標野《しめの》行き
野守は見ずや　君が袖振る

紫草《むらさき》の　にほへる妹《いも》を　憎くあらば
人妻ゆゑに　吾恋ひめやも

参考資料

『全集　日本の歴史　第二巻　日本の原像』平川　南　小学館　二〇〇八年
『全集　日本の歴史　第三巻　律令国家と万葉びと』鐘江宏之　小学館　二〇〇八年
『万葉の人びと』犬養　孝　新潮社　一九八四年
『日本の歴史　二　古代国家の成立』直木孝次郎　中央公論新社　二〇〇四年
『日本史探訪　三　律令体制と歌びとたち』松本清張・井上光貞・梅原　猛・横超慧日・池田弥三郎・田辺聖子・上田正昭・上山春平・角田文衛・中西　進・金達寿　角川書店　一九八四年
『茜に燃ゆ　上・下』黒岩重吾　中央公論新社　二〇〇三年
『中大兄皇子伝　上・下』黒岩重吾　講談社　二〇〇一年
『天の川の太陽　上・下』黒岩重吾　中央公論新社　二〇〇三年
『額田女王』井上　靖　新潮社　二〇〇〇年

著者プロフィール
藤田 恭子（ふじた きょうこ）
1947年、福井県生まれ。
1971年、金沢大学医学部卒業。

■著書
詩集『見果てぬ夢』（2011年、文芸社）
詩集『宇宙の中のヒト』（2015年、文芸社）
『斜め読み古事記』（2016年、文芸社）
詩集『ちいさな水たまり』（2018年、文芸社）
詩集『オウムアムア』（2019年、文芸社）
さわ きょうこ著として
詩集『大きなあたたかな手』（2006年、新風舎、2008年、文芸社）
詩集『ふうわり　ふわり　ぼたんゆき』（2007年、新風舎、2008年、文芸社）
詩集『白い葉うらがそよぐとき』（2008年、文芸社）
詩集『ある少年の詩』（2009年、文芸社）
詩集『ちいさなちいさな水たまり』（2012年、文芸社）

斜め読み額田王

2020年3月15日　初版第1刷発行

著　者　藤田 恭子
発行者　瓜谷 綱延
発行所　株式会社文芸社
〒160-0022　東京都新宿区新宿1－10－1
電話　03-5369-3060（代表）
03-5369-2299（販売）

印刷所　株式会社フクイン

ISBN978-4-286-21435-1